Beatriz Osés

Brian Mcneill: ANÓNIMOS

Ilustraciones de Mónica Armiño

edebé

Paseo de San Juan Bosco, 62
08017 Barcelona
www.edebe.com

Dirección de Publicaciones Generales: Reina Duarte
Diseño de la colección: Book & Look

1.ª edición, mayo 2023

ISBN: 978-84-683-6380-6
Depósito legal: B. 2677-2023
Impreso en España
Printed in Spain

Somos «Anónimos»
y nos merecemos un nombre.

• Posible fiambre •

Brian se mordió el labio inferior mientras lo contemplaba. ¿Estaría vivo o muerto? Más bien parecía lo segundo. Sin embargo, no se atrevió a tomarle el pulso. Anónimo aullaba enloquecido a su alrededor. Así que el chico se tapó los oídos hasta que ambos se tranquilizaron. Era la mañana de un sábado en la aldea irlandesa de Aill. La playa habría estado desierta de no ser por aquel chico y por el terrier que lo acompañaba.

—Deberíamos llamar a Declan —dijo en voz alta.

El perro movió la cabeza en señal afirmativa. «¡No podemos dejarlo morir! Si lo hiciéramos, nunca me lo perdonaría», pensó el terrier irlandés.

—Aunque me da la sensación de que ha estirado la pata.

Anónimo gruñó y lo tomó por la manga de la cazadora. Era cuestión de vida o muerte.

—¡Está bien, está bien! —respondió Brian sacando su móvil del bolsillo del pantalón—. ¿Declan?

—¡Dios mío, Brian! —se lamentó el agente abrazándose a la almohada—. Estaba durmiendo... —Y además, soñando con Amy—. Hoy es mi día libre.

—Declan, la Ley no descansa —le recordó el chico.

—¿Qué porras fritas ocurre? —preguntó quitándose las legañas.

—Posible fiambre en la playa —informó Brian sin inmutarse.

—¿Cómo? —El agente se incorporó igual que un muelle.

Anónimo cerró los ojos. ¿Por qué los humanos no se enteraban de nada a la primera? Y lo de «fiambre» le había escocido. ¿Qué forma era esa de referirse a un cadáver? Sobre todo, cuando lo conocía y se negaba a admitir que hubiera muerto. Los ojos del terrier se llenaron de agua.

—Posible fiambre en la playa —repitió el joven de forma automática guardándose una piedra en el bolsillo.

—¿Está muerto del todo? —lo interrogó al mismo tiempo que se desprendía del pijama y se quedaba en gayumbos.

—No lo sé —contestó Brian.

—¿No le has tomado el pulso? —insistió el policía.

—Me da mucho repelús —admitió.

—Llamaré a una ambulancia —dijo Declan—. Y también a Amy, para que vaya a cerciorarse de si aún sigue con vida. Voy ahora mismo para allá. ¡No toquéis nada! Podría haber posibles pistas y no quiero que la fastidiemos como en otras ocasiones.

—Lo entiendo —respondió—. Eso estropearía tus planes.

—¿Mis planes? —preguntó desconcertado.

—Tus planes para casarte con ella —aclaró el chico.

Declan se puso como una amapola.

—¡Qué cosas tienes! ¡Ja, ja, ja! —Connolly soltó una carcajada nerviosa—. ¿Casarme? Eres tan gracioso, Brian.

—No soy gracioso —objetó el chico—. Soy realista. Y vas a caer.

El agente alzó las cejas. ¿Cómo que iba a caer? No estaba preparado para el matrimonio. Si casi no sabía echarse la gomina en su pelo de erizo. Era un melón.

—Ponte en marcha, Declan. Tenemos un nuevo caso —anunció antes de colgar su móvil.

Anónimo observó al chico con curiosidad e inclinó la cabeza hacia un lado.

—Declan va a llamar a una ambulancia y a Amy —le aclaró Brian—. ¡Dios mío! ¿Qué hago yo hablando con un terrier irlandés? ¿Me estaré volviendo loco?

El perro, por su parte, suspiró aliviado. Vendrían refuerzos. Todavía había esperanza. Y luego, mirando al chico, reflexionó: «Locos, no sé. Pero raretes sois un rato». Porque, desde que llegó a la aldea de Aill, no dejaban de ocurrir hechos extraños y misteriosos. «Desde que llegué a la aldea...», se repitió muy despacio. ¿Sería el gafe? Arrugó las cejas. Pronto descartó la idea y la sustituyó por las deliciosas salchichas de la taberna de Callum.

• La sorpresa •

Amy, la forense, corría con su melena pelirroja al viento. No se la había recogido en su característica coleta. Tales eran las prisas con que salió de su casa. A lo lejos, en la playa, descubrió a Brian, a Anónimo y el cuerpo yacente. Frunció el ceño y aceleró su carrera. Mientras se acercaba, se quedó boquiabierta.

—No me atrevo a afirmar que esté muerto —señaló Brian ante la cara de estupor de ella—. Aunque puedo asegurar que no se ha movido ni ha parpadeado desde que lo encontramos.

La forense se arrodilló junto a la víctima y le empezó a practicar maniobras de reanimación, insuflándole aire por la boca y dándole un masaje al corazón.

—Tiene mala pinta —observó el chico.

Amy no se rindió. En realidad, no se rendía nunca.

—Creo que todavía está vivo —dijo ella.

Anónimo cruzó los pulgares de las patas delanteras. Necesitaban algo de suerte.

—No sé si podré recuperarlo —admitió esforzándose al máximo.

Necesitaban mucha suerte. Eso pensó el terrier cerrando los ojos con fuerza, igual que quien pide un deseo.

La ambulancia se detuvo en el paseo marítimo y dos hombres corrieron hasta la playa con una camilla. Eran dos pelirrojos robustos y gemelos, de gran estatura.

—¿Dónde está? ¿Dónde está? —preguntaron al observar a Amy tapando el cuerpo de la víctima.

—Está ahí —contestó Brian.

—¿Dónde?

«Ni que estuvieran ciegos», se dijeron el chico y el terrier.

—¡Ahí! —repitió Mcneill.

En ese momento, Amy se incorporó y les permitió ver al supuesto fiambre.

—No-no-no, no puede ser... —tartamudeó uno de ellos, que lucía una enorme cicatriz sobre la ceja izquierda (una de las pocas diferencias entre ellos, además de la voz)—. ¡Pero si eso es un chihuahua!

—Un chihuahua escuchimizado —especificó el otro con una vocecilla aflautada y dejando entrever un diente de oro.

—Puff. Ese bicho está en las últimas —habló el de la cicatriz.

Anónimo gruñó mosqueado. Si esos eran los refuerzos, estaban apañados.

—Ha recuperado el pulso —anunció la forense—. ¡Nos lo llevamos en la ambulancia!

—¿Adónde?

—A la veterinaria de Donegal. ¿Adónde va a ser? —contestó Amy—. ¡Vamos, rápido! Yo os acompaño. ¿Vienes? —le preguntó a Brian.

—No puedo. —Consultó el reloj de su móvil—. Tengo que tomar mi zumo de piña y faltan siete minutos y cuarenta segundos, treinta y nueve, treinta y ocho...

—Vale entiendo —lo interrumpió, y tomó al chihuahua entre sus brazos—. Gracias por avisar, Brian.

La forense echó a correr hacia la ambulancia.

—¿Y la camilla? —preguntaron los gemelos trotando tras ella.

—¡No hace falta! —replicó Amy.

Porque no se fiaba un pelo de aquellos pasmarotes. Imaginaba al chihuahua dando botes y saliendo despedido de ella. Habría sido la puntilla. Pobrecillo.

El terrier irlandés ladró desesperado y se puso a perseguirlos. «¿Qué hacen largándose sin mí?... No entiendo nada».

—¡Tú no puedes venir, Anónimo!

Él lanzó varios aullidos lastimeros y siguió «galopando» tras ellos.

—¡Bueno, sube si quieres! —cedió ella mostrándole la puerta trasera de la ambulancia.

—Pero eso no está permitido... —trataron de replicar los gemelos.

—Este es un caso excepcional. ¿No os dais cuenta? Su vida pende de un hilo y está en nuestras manos. Así que tú —señaló al del diente de oro—, abre la maldita puerta y llévanos a toda velocidad a Donegal. Y tú —apuntó con el dedo al de la cicatriz—, ponle la mascarilla de oxígeno al chihuahua.

Por último, se dirigió al terrier con dulzura:

—Anónimo, ocupa ese asiento.

El perro obedeció al segundo. Amy pensó que posiblemente él fuera más inteligente que los gemelos. No dijo nada. Sin embargo, lo pensó. Al chihuahua le enchufaron el oxígeno y abrió los ojos. Era un saquito de huesos y pellejo lleno de garrapatas.

• El secreto •

La señora Murphy era una mujer entrada en años, con el pelo blanco y unas gafas redondas que le daban un aire angelical de abuelita preparando galletas en el horno. Sin embargo, tenía un carácter fuerte, genio y cierto pesimismo desde lo de su divorcio. Al ver a su nuevo paciente, se quedó impactada y no pudo por menos que exclamar:

—¡Madre mía, este chihuahua está consumido! ¡Le ha chupado la sangre un ejército de Dráculas!

«¡Vamos de mal en peor!», pensó Anónimo, que había entrado con Amy en la clínica. Los gemelos, por su parte, se habían esfumado no sin antes pedirle a la forense que guardara el secreto. Porque, tal como dijo el de la cicatriz, si alguien se enterase de que habían trasladado a un chihuahua en la ambulancia, se les iba a caer el pelo.

—¡Lo lamento mucho! —se disculpó Murphy tras inclinarse sobre el paciente y apoyar sus manos en las caderas—. No voy a poder hacer nada por él. Necesitaría sangre y no dispongo de ninguna bolsa ahora mismo.

«¡Madre mía, a estos humanos sí que les falta sangre o un hervor!», se dijo el terrier, y comenzó a ladrar para llamar la atención de Amy. Porque la veterinaria estaba empanada.

—¡Tenemos su sangre! —afirmó la forense señalando a Anónimo.

—No sabemos si son compatibles —objetó la veterinaria.

—Puede analizar la muestra —le sugirió Amy, que no se daba por vencida.

—Eso es verdad —contestó Murphy—. De todas formas, no te hagas ilusiones, es difícil que este perro sea donante universal.

Anónimo puso cara de indignado. ¿Qué sabía ella? Deseó con todas sus fuerzas llevarle la contraria.

—Y..., además, tiene que... prestarse a la extracción —titubeó.

—¿A qué se refiere? —preguntó Amy.

—A que yo no me arriesgo a llevarme una dentellada. ¿Cómo me garantiza que cooperará conmigo?

Anónimo levantó su pata izquierda y la colocó sobre una banqueta.

—¡Ahí tiene a su donante! —le indicó la forense—. ¡¡Dese prisa, por lo que más quiera!!

La forense se afanó en quitarle las garrapatas al chihuahua mientras la veterinaria sacaba una muestra de sangre de Anónimo y comprobaba si era o no donante universal.

—Su sangre es del tipo DEA1.1 negativo —descubrió al poco tiempo Murphy.

—¿Y eso qué significa?

El terrier también se hizo la misma pregunta.

—Que es donante universal —aseguró.

—Entonces, proceda a la trasfusión —le suplicó Amy.

—Bien... Allá vamos, aunque no prometo nada —insistió.

Anónimo negó con la cabeza. Desde luego, la veterinaria no era la alegría de la huerta precisamente.

—¿Estás bien, Amy?

La voz de Declan resonó en la sala de la clínica.

—¿Qué haces tú aquí? —preguntó ella.

—Callum me ha contado que os ha visto salir disparados en la ambulancia con un chihuahua. Los del Kelly han supuesto que vendrías a esta clínica porque es la más cercana.

En Aill resultaba imposible guardar un secreto. El terrier suspiró cuando le clavaron la aguja y puso cara de resignación.

• La coincidencia •

La forense, Declan y Anónimo regresaron a la aldea y se fueron directamente al Kelly. Allí los estaban esperando para enterarse de las novedades. Al verlos aparecer, Callum y su clientela se quedaron callados, de tal manera que solo se escuchaba de fondo la música tradicional celta.

—¿Se ha salvado el chihuahua? —preguntó a Amy la señora Scott con visible interés.

—Sí, con la sangre de Anónimo ha revivido —contestó la joven.

—Resulta que nuestro perro policía es donante universal —afirmó orgulloso Declan.

Una sincera ovación estalló en la taberna. El primero que aplaudió fue Callum, el dueño del local. Anónimo esbozó algo parecido a una sonrisa y empezó a babear. «A mí dadme salchichas, que estoy famélico». Porque el pienso canino no le gustaba tanto como el menú del Kelly. El gaitero, Armel Roscoof, que pareció leerle los pensamientos, saltó desde su mesa:

—¡Yo lo invito a una ración de salchichas!

El terrier corrió hacia él para darle un lametón en la cara.

Doherty levantó su jarra de limonada (había dejado la cerveza para ocasiones especiales) y lanzó un brindis:

—¡Por Anónimo y por Irlanda!

Los demás se unieron.

—¡Por Anónimo y por Irlanda!

Brian apareció en ese preciso momento. Declan le había llamado para decirle que regresaban de Donegal y que se reunirían en el Kelly.

—¡Estoy preparado para la investigación! —anunció a bocajarro.

Porque él deseaba investigar más que nada en el mundo.

—¿Ha sucedido algo más? —los interrogó Mary Scott.

—¿Qué investigación? —preguntó Mack, el bailarín, que ocupaba un lugar en la barra.

Declan no sabía dónde meterse. Se suponía que las investigaciones eran secretas, y Brian se había ido de la lengua.

—Bueno, yo... —titubeó el agente.

—¡Aquí hay tomate! —soltó Callum acodándose sobre la barra.

—Tan solo es una coincidencia —señaló Connolly.

—¿Qué coincidencia? —inquirió Shannon, la ecologista, que se había dejado caer ese sábado al mediodía por la taberna.

—El chihuahua y Anónimo tienen el mismo dueño —se adelantó Amy.

—¿Cómo que tienen dueño? —gruñó Doherty.

—Hemos descubierto que llevan microchip y los datos coinciden con el mismo propietario —informó Declan.

—¿Y de quién se trata? —preguntó Callum.

Todas las miradas se clavaron en el agente de pelo pincho.

—De un tal Sheridan —reveló Brian.

—Era un secreto —replicó Connolly.

—No me lo habías advertido —respondió el chico—. Por cierto, lo he buscado en Google y resulta que ha tenido varias denuncias por maltrato animal.

—¿Habéis dicho Sheridan? —repitió espantado Mack levantándose de su taburete.

Le faltó tiempo para ponerse a taconear y a pegar pequeños saltos con los brazos pegados a los costados.

—¿Lo conoces? —se interesó Amy.

—Por desgracia, sí —respondió chocando los tacones metálicos de sus zapatos.

—¿Desgracia? —preguntó extrañada la señora O'Sullivan, sacando del bolso sus cartas del tarot.

—Yo también lo conozco —afirmó Shannon—. Ese impresentable paga las multas que le imponen y sigue maltratando a sus animales.

Connolly tomó aire. No había que ser un lince para intuir, sin ayuda de las cartas de O'Sullivan, que se acercaba una tormenta perruna.

• El malvado •

Mcneill no creía en las casualidades ni tampoco en el tarot de O'Sullivan. Sin embargo, le daba en la nariz que se les presentaba una situación complicada que no iba a terminar tan fácilmente.

—Entonces, Anónimo y el chihuahua tienen dueño —resumió Brian.

—Sí, un desalmado —afirmó Shannon.

—¡Pobre chihuahua! —saltó, entre lágrimas, la señora Scott al ver la foto que les mostró Amy con su móvil.

—Ese bicho la va a palmar —farfulló Doherty.

Anónimo apretó las mandíbulas. No aguantaba que llamaran «bicho» a su amigo.

—¡Por Dios, Doherty, qué poca sensibilidad! —lo abroncó Amy.

—¡Pues yo me lo quedo! —sentenció la señora Scott, llevándose la mano derecha al corazón.

Porque el asunto la había dejado conmocionada.

—¿Cómo dice? —preguntó Connolly.

—¡Que me lo quedo! —reiteró—. No pienso devolvérselo a un maltratador para que lo remate.

—Eso no es legal —afirmó el agente—. Me temo que no podemos hacerlo.

—En ese caso —dedujo Mcneill—, también tendremos que entregarle a Anónimo.

El terrier irlandés puso cara de aterrorizado. «No pienso volver a ese infierno ni loco, antes me piro».

—¡Ni hablar! —bramó Callum—. Este perro es ya uno de los nuestros. No contéis conmigo para esa salvajada. Si es necesario, lo esconderé en mi casa.

—Estoy con Callum —se sumó el gaitero—. Yo también le ofrezco mi hogar.

—¡Y yo! —se unió Mack.

—Anónimo no se marchará de Aill. Tendrías que pasar por encima de mi cadáver —le dijo la forense.

El agente Declan tragó saliva.

—Bueno, en ese caso, habrá que pensar en un plan para que la señora Scott pueda adoptar al chihuahua —sugirió.

—¿Adoptar? Ja, ja, ja —se burló Doherty—. Eso es un robo en toda regla.

—¿Y no es peor que muera a manos de su dueño? —replicó Shannon envalentonada.

El padre Quinn, que acababa de entrar en el local vestido de paisano, también quiso dar su opinión.

—Todos sabéis de sobra que yo no puedo mentir —comenzó después de un leve carraspeo—. Sin embargo, nuestro quinto mandamiento es: NO MATARÁS.

—Pues eso —continuó Scott estrujando su bolso como si fuera el propio chihuahua—, yo me quedo con ese pobre animal.

—En el caso de que sobreviva... —dejó caer Doherty, y pegó un trago a su limonada.

—No adelantemos acontecimientos. Yo mantengo las esperanzas —dijo Amy.

—¡Sobrevivirá! —gritó la señora Scott.

—Veamos qué dicen las cartas —propuso O'Sullivan.

—¡Anónimo no dejará Aill, me niego, me niego! —volvió a rugir Callum retorciendo furioso su paño de cocina—. ¡Por todos los demonios, es nuestro perro policía!

—Vayamos con cautela —se pronunció Connolly tratando de calmar los ánimos.

—¿Cautela? —se indignó Shannon—. Ese monstruo tiene una finca de los horrores más allá de Donegal y nadie hace nada.

—¿Hay más perros en esas condiciones? —preguntó horrorizada la señora Scott.

Anónimo se puso a ladrar descontrolado.

—¿Eso es un sí? —lo interrogó Scott.

El terrier volvió a ladrar.

—Lo que faltaba, preguntándole a un perro —protestó Doherty echándole más leña al fuego—. Scott, se te ha ido la pelota.

—Quizá se me haya ido la pinza, pero tú no tienes corazón —contraatacó ella.

Declan suspiró y se pasó la mano por la cara. Se estaba liando la del pulpo por momentos.

—¡Shhh! Las cartas van a hablar —anunció O'Sullivan.

El Kelly enmudeció. Fiona levantó la primera y apareció un sol.

—El chihuahua se salvará —vaticinó.

—¡Te lo dije, Doherty! —rugió Scott levantando su dedo índice.

—¿Pero cómo podéis creer en sus predicciones? —refunfuñó el exalcalde.

—Con mi novia, no te metas —le advirtió Callum.

—Doherty tiene razón —le apoyó Brian—. No tiene ninguna base científica.

—Gracias, chico —contestó el aludido.

—Me llamo Brian —le rectificó un tanto irritado.

O'Sullivan, ajena a los comentarios, levantó otras tres cartas de la baraja. Su rostro se desencajó tanto que hasta Doherty le prestó atención.

—¿Qué ocurre? —preguntó el gaitero.

—Se avecina algo terrible —respondió ella.

—¿El qué? —inquirió Mack levantándose de su taburete.

—El mal nos acecha —murmuró poniendo los ojos en blanco.

Y, dicho esto, se desmayó sobre las cartas que había dispuesto encima de la mesa. Presa del pánico, Mack se puso a botar por todo el Kelly sin parar de gritar: «El mal nos acecha, el mal nos acecha». Mientras los demás se arremolinaban en torno a O'Sullivan, Anónimo aprovechó para comerse la patata rellena de carne que había pedido el padre Quinn. Todo se había convertido en un caos. Un caos perruno.

• ¿Qué chihuahua? •

La forense había regresado esa misma tarde a la clínica de Donegal para hablar con Murphy sobre la evolución del chihuahua y para pedirle un favor de los gordos, que estaba relacionado también con Anónimo.

—¿Cómo? —preguntó sorprendida la veterinaria al escuchar la petición de Amy.

—Serían dos microchips de nada —pidió la forense.

—¿Quieres que les quite la identificación? —repitió incrédula.

—Eso mismo.

—Sabes que no puedo hacerlo. Es ilegal. Es un delito —replicó Murphy—. Me convertiría en una delincuente. Y soy la mejor veterinaria del condado de Donegal.

—Lo sé, lo sé. Esto quedaría entre nosotras.

La mujer dio un respingo y la miró desafiante.

—¡Y un cuerno! Estoy segura de que en Aill andan al corriente de todo, ¿me equivoco? Los del Kelly no hacen más que chismorrear.

La forense se mordió el labio inferior.

—Bueno, alguno hay...

—¡Lo sabía! —la interrumpió Murphy—. Para colmo, están el panadero de Doonan Court y el repartidor de Amazon, que van por allí casi a diario. Esos se enteran de cualquier secreto. Lo sé de buena tinta porque los conozco bien —dijo en tono confidencial—. Por no hablar de Mack —recordó de pronto—, a ese no hace falta torturarlo para que cante lo que sabe. ¡Menudo pájaro está hecho!

—Una mujer de la aldea quiere adoptar al chihuahua.

—¿Quién? —se interesó la veterinaria.

—Scott.

—Entiendo... —Murphy se acarició la barbilla.

Parecía pensativa.

—Seguro que el chihuahua estará mucho mejor con ella que con su verdadero dueño —reflexionó tras una leve pausa—. Sheridan es un canalla. De eso, no me cabe duda.

—Y Anónimo es nuestro perro policía —añadió Amy.

—¿El terrier?

—Sí, nos ha ayudado a resolver varios casos. En la aldea lo adoran.

—Sin embargo, a efectos legales, Sheridan es su propietario. No me pidas que les quite los microchips. —La veterinaria cruzó los brazos—. No lo haré. Siempre he cumplido las leyes a rajatabla y no me las voy a saltar a estas alturas de mi vida.

—¿Y la vista gorda? —preguntó la forense aferrándose a esa posibilidad.

—¿Qué quieres decir?

—Ese chihuahua —lo señaló Amy con un extraño brillo en los ojos— nunca ha estado aquí. Usted no lo conoce de nada. Y al terrier, tampoco. No hemos visitado su clínica ni le hemos pedido ayuda. Y por aquí no ha pasado ninguna ambulancia con dos camilleros pelirrojos.

La veterinaria frunció el ceño. Guardó silencio un rato, que a Amy se le hizo eterno, hasta que tomó una decisión:

—Bueno, me haré la loca a cambio de que te lo lleves ahora mismo.

—¿Se ha recuperado? —preguntó con entusiasmo.

—Está fuera de peligro —contestó la veterinaria—. Solo necesita atención y cuidados.

—Los tendrá. Se lo aseguro.

El chihuahua levantó la cabeza y puso ojos tiernos. Parecía entender que hablaban de él y que se encontraba en buenas manos.

—¿Cuánto le debo? —preguntó la forense sacando su billetera del bolso.

—¿Por qué?

—Por salvarle la vida al chihuahua.

—¿Qué chihuahua? —preguntó cómplice.

—Pues...

—Yo no he visto a ningún chihuahua —la atajó ella—. ¿Y tú?

Amy sonrió.

—Yo tampoco. Muchas gracias.

La forense miró a ambos lados de la calle antes de salir de la clínica veterinaria. Se aseguró de que no hubiera nadie. Ni un alma. Llevaba al chihuahua envuelto en una manta que le había regalado Murphy, junto con un osito de peluche. En la otra mano, una bolsa de pienso. Con el corazón en un puño, salió corriendo hasta el coche.

La veterinaria observó la escena desde una ventana. Y rezó para que Sheridan jamás los encontrase. Fuera había comenzado a llover.

• Esto no es legal •

La forense regresó a Aill en su vehículo. En la parte trasera, el chihuahua se había quedado dormido. El movimiento del coche, el ruido del limpiaparabrisas y la calefacción le habían hecho cerrar los párpados y entreabrir la boca. Al detenerse frente a la taberna, Amy se cubrió con la capucha del impermeable. Llovía. La forense tomó al chihuahua en brazos igual que a un bebé. Y así entró en el local.

—Aquí lo traigo —anunció Amy entreabriendo la manta—. ¿Qué os parece?

Los del Kelly se arremolinaron en torno al chihuahua fugitivo, que los observaba con curiosidad y algo de miedo.

—¡Ohhh, es un amor! —exclamaron Scott y O'Sullivan a coro y entrelazando los dedos de sus manos.

—Tiene los ojos saltones —observó Brian.

—Y unos colmillos espantosos. Parece un jabalí —apuntó Doherty.

—Es una monada —les rebatió Scott—. Lo que te pasa —se dirigió al exalcalde— es que me tienes envidia.

—¿Envidia? —Hizo una mueca de burla.

—Sí, porque este amorcito se viene conmigo —respondió ella contemplando embelesada al chihuahua—. ¿Verdad, corazón? Mi pequeñín está a salvo. ¿A que sí?

El chihuahua sonrió complacido.

—¡Válgame el cielo, cuánta tontería! —refunfuñó Doherty—. Si solo es un chucho y está en los huesos.

—¡Madre mía! Esto no es legal —les recordó Declan agarrándose al cinturón de su uniforme.

—Será nuestro secreto —dijo Amy.

—¿Y los microchips? —preguntó Brian.

—No he conseguido que la veterinaria se los quitase —reconoció la forense.

—¿Entonces? —la interrogó el agente.

—Seguiremos con nuestras vidas como siempre. La veterinaria me ha prometido que no contará nada. Y en nuestra aldea, si preguntan, nadie ha visto a ese chihuahua. ¿Queda claro? —preguntó mirando directamente a Mack.

Todas las miradas se dirigieron al bailarín.

—¿Qué pasa? —soltó desconcertado—. ¿Acaso pensáis que no sé guardar un secreto?

—Mack, eres un gran bailarín y una gran persona, pero lo tuyo no es la discreción —dijo Callum, pasando el paño por encima de la barra.

—Recuerda cuando soltaste lo de Roscoof y Shannon —comentó el padre Quinn.

—Pretendía colaborar en una investigación policial —se justificó.

—Es cierto —le apoyó Brian.

—Trataba de ayudarnos en el caso *Plásticus* —añadió Declan.

—También contaste lo de los calzoncillos de Doherty —recordó el gaitero.

El exalcalde se quedó blanco.

—¿Se puede saber qué dijiste de mis calzoncillos? —inquirió arrugando el entrecejo.

Se avecinaban truenos y relámpagos.

—¿Yo? —preguntó nervioso.

¡Habla ahora o callarás para siempre! —le amenazó alzando su dedo índice.

—No fue nada, una tontería. Ya ni me acuerdo... —contestó sin controlar el tembleque de sus piernas.

—¡Canta! —le ordenó el aludido.

Mack obedeció al instante. Subió al escenario del Kelly y pegó los brazos a los costados antes de arrancarse a bailar. A continuación, empezó a cantar, para espanto de Doherty:

Siempre habrá palominos
dentro de sus calzoncillos.

Verde, blanco y naranja
son los colores de Irlanda.
Pero dentro de sus calzones
también nacen otros colores.

El exalcalde se puso rojo de furia y de vergüenza. Los demás se aguantaron la risa a duras penas.

—¿Cómo se te ocurre?... ¡Te voy a retorcer el pescuezo! —vociferó enfurecido soltando su jarra de limonada y corriendo hacia él.

—¡No miento! —contraatacó el bailarín escapando de sus garras.

—¡Ven aquí ahora mismo!

Mack saltaba entre las mesas esquivando al exalcalde mientras trataba de templar los ánimos. Doherty le lanzaba salchichas a la cabeza, que salían rebotadas, para deleite de Anónimo, que las cazaba al vuelo.

Todos aquí sois testigos.
Él insistió de lo lindo.
Yo sé guardar un secreto,

si no me entra el canguelo.
Como valoro mi vida,
mejor busco la salida.
Hombre, ¿por qué te mosqueas?
Eso le pasa a cualquiera.

En medio del berenjenal, se abrió la puerta del Kelly y apareció Shannon empapada de lluvia. Mack se refugió en uno de los baños para evitar a Doherty.

—¿De dónde vienes? —preguntó Callum a la ecologista.

—De la finca de Sheridan —contestó con gesto muy serio.

—¿Has entrado en ella? —quiso saber su sobrina.

—Sí, me he colado —confesó—. He saltado la valla.

—Eso es otro delito —apuntó Brian.

—Y gordo —metió baza Doherty.

—¡Eso no se puede hacer, Shannon! —la regañó Declan llevándose las manos a la cabeza—. ¡Por todos los dioses irlandeses, no

contéis vuestros delitos delante de mí! —se lamentó—. Se supone que soy la autoridad y debería arrestaros.

—A mí no —replicó Brian con seguridad—. Yo no he hecho nada.

—Yo tampoco —prosiguió el padre Quinn.

—Oye, Connolly, que lo mío no es para tanto —chilló Mack desde el aseo.

—¿Que no es para tanto? —protestó Doherty—. Quizás acabe en la cárcel, pero a ti te ocurrirá algo peor.

Declan resopló con fuerza. ¿Por qué lo habrían destinado a aquella aldea? Aill era una auténtica jaula de grillos. Si no fuera porque estaba enamorado de Amy, habría salido huyendo a la primera de cambio.

• En peligro •

Shannon bajó la cremallera de su chubasquero rojo y del interior sacó una funda con una pequeña cámara de vídeo. Callum abrió los ojos de forma desmesurada. ¿Qué se traía entre manos Reilly? Los demás también estaban al loro de sus misteriosos movimientos. ¿Con qué los iba a sorprender? Algo se estaba cociendo en el Kelly. Hasta las salchichas lo sabían.

—Traigo noticias frescas. Tengo pruebas de cómo se encuentran los perros de Sheridan. Los he conseguido grabar —les informó procediendo a sacar la cámara.

—¿Cuántos son? —preguntó preocupada Scott.

—He contado diez —contestó la ecologista—. Y la mayoría están fatal. Calculo que, sin ayuda, morirán en los próximos días.

—¡El mal nos acecha! —recordó O'Sullivan—. Las cartas nunca mienten.

—¡Mirad, acercaos! —les pidió Shannon encendiendo la cámara.

Los del Kelly se arremolinaron movidos por la curiosidad. El padre Quinn se santiguó rápido tres veces seguidas.

—¡Pobres criaturas de Dios! —exclamó consternado—. Ese *setter* irlandés es un esqueleto viviente.

—Pues el *bobtail* tiene una herida en la cabeza con muy mala pinta —opinó Callum.

Brian observaba las imágenes sin parpadear. ¿Cómo podía alguien ser tan cruel?

—Y el mastín inglés cojea de la pata derecha —observó Aidan, el carpintero—. Apenas se sostiene.

—¿Qué me decís del *spaniel* bretón? —comentó el gaitero—. Ni siquiera se levanta, no tiene fuerzas.

—¡No podemos consentirlo! —rugió Amy—. ¿Verdad, Declan?

Connolly se pasó la mano por la frente. El Kelly era un hervidero de emociones. Anónimo soltó un largo aullido con sabor a salchichas.

—Vamos a tranquilizarnos todos —les suplicó el agente.

—¡Debemos actuar! —contraatacó Shannon.

—Esos animales morirán sin nuestra ayuda —dijo Scott.

—Las cartas, las cartas no mienten —volvió a la carga O'Sullivan.

—Estoy de acuerdo. Tendríamos que impedir este desastre, Declan —se sumó Callum.

—¿Qué desastre? —chilló Mack entreabriendo la puerta del baño.

Doherty le hizo un gesto con los dedos de que lo estaba vigilando y, como había sido alcalde, no dudó en tomar la palabra:

—Irlandeses, vecinos de Aill, no podemos cometer un acto criminal de tal calibre. Eso significaría entrar en una propiedad privada sin permiso y, además, robar diez perros, nada más y nada menos. ¿Estáis dispuestos a convertiros en proscritos, en fugitivos de la ley, en una panda de vulgares chorizos?

—¡Síííí! —gritaron a coro la mayoría para espanto de Declan.

—¡Prudencia, por favor, prudencia, hermanos! —rogó el padre Quinn.

—Tengo un plan —dijo Brian.

—¿Tú también, Mcneill? —le preguntó el policía—. Se supone que eres mi ayudante.

—Es una cuestión de ética —contestó el chico—. No voy a dejarlos morir.

—¿Y qué idea se te ha ocurrido? —se interesó Amy.

—Esta noche iremos al rescate y abriremos esa valla —explicó Mcneill—. Llevaremos la furgoneta de Aidan.

—¿Mi furgoneta? —titubeó el carpintero.

—Sí, y un par de coches de apoyo —prosiguió Brian.

—¡Tú no irás a ninguna parte! —soltó Allison Mcneill entrando en tromba en la taberna—.

Tienes doce años y, desde lo de *Plásticus,* no haces más que meterte en líos.

—No son líos, son investigaciones —la corrigió Brian.

—Tu madre tiene razón —la respaldó Amy.

—Pero...

Declan y los demás asintieron con la cabeza.

—Será muy peligroso —le dijo Callum—. Es mejor que te quedes en la retaguardia.

Brian hizo una mueca de fastidio.

—No te preocupes, te mantendremos informado en todo momento —le prometió Amy—. Puedes llamar al móvil de Declan.

—¿Cómo? —preguntó escandalizado—. Yo no puedo infringir la ley. Que soy el policía de Aill. ¡Por Dios, Amy, no me pongas en ese brete!

Anónimo soltó un par de fuertes ladridos.

—¡Y tú tampoco vas, te pongas como te pongas! Eres un perro policía. Llevas el collar y la placa. No puedes meterte en esos embolados. Nosotros esperaremos en la comisaría.

El terrier masculló algo entre dientes. Amy apretó los labios.

—Vale, vosotros os quedáis en Aill. Y tú, Brian, me puedes llamar a mí. Tendré el móvil encendido. Entonces —miró a su alrededor—, ¿quién se apunta al rescate?

Shannon, Armel Roscoof, Callum, las señoras Scott y O'Sullivan, Aidan y el padre Quinn levantaron la mano.

—¡Yo, también! —gritó Mack asomando la nariz por la puerta del baño.

—En fin, me largo —anunció Doherty pagando su jarra de limonada—. No quiero saber nada de esta locura.

—Brian, quedan dieciocho minutos para tu cena —le recordó Allison haciéndole un gesto para que abandonara el local.

—Es cierto —contestó su hijo.

Mcneill se encaminó hacia la salida de la taberna. Aunque, antes de salir, giró la cabeza y dijo:

—Buena suerte.

Porque la iban a necesitar.

—Confiamos en ti —le aseguró Amy—. Tú eres el cerebro de Aill. Sigue pensando, por favor.

—¡Por Brian! —propuso Callum levantando su vaso.

—¡¡POR BRIAN!! —brindaron los otros.

El chico sonrió complacido. Estaba claro que la mayor dificultad de la operación vendría después del rescate. Sheridan no se quedaría como un pasmarote cuando sus perros desaparecieran de la finca. Seguramente los buscaría por todo el condado. Porque, aunque no le importaran lo más mínimo, eran de su propiedad. Y no iba a permitir que nadie se los llevara.

El rescate

A las nueve de la noche se reunieron en el Kelly. Llovía con fuerza sobre la aldea. Siguiendo el consejo de Brian, se colocaron un verdugo en la cabeza. Todos iban vestidos de negro. El padre Quinn se había puesto su sotana, aunque el pasamontañas le daba un aire muy extraño. A Mack le prohibieron los zapatos de baile para que no armara ningún embrollo durante la misión. De igual forma, Roscoof tuvo que prometer a Shannon que no llevaría su gaita. Scott y O'Sullivan se pusieron los chándales con los que practicaban

yoga por internet. A falta de verdugo negro, Callum se colocó su máscara veneciana.

Finalmente, el carpintero llegó con su furgoneta preparada para el rescate. Llevaba varias mantas en su interior, botellas de agua y un botiquín de primeros auxilios.

—¿Estáis listos? —preguntó Amy.

—¡Sí! —respondieron todos a una.

—¡Por Irlanda! —gritó Callum.

—¡Por Irlanda! —se unieron los demás juntando sus manos como un equipo de baloncesto.

El grupo se repartió entre los coches de Amy y de Callum. Mack, por su parte, se sentó de copiloto en la furgoneta de Aidan. La finca de Sheridan distaba ocho millas de Donegal.

—Nunca he cometido un acto ilegal —le reveló Mack al carpintero.

—A ver, yo tampoco —respondió Aidan—. Pero esos pobres perros no merecen una muerte tan horrible. Y tengo que confesarte algo.

El carpintero hizo una pausa esperando la pregunta de Mack.

—¿El qué? —reaccionó el otro tras varios segundos de silencio.

—Me he encariñado con el mastín... Tenía los ojos tan tristes.

—Sí, lo sé, Aidan, lo sé. Para ellos es cuestión de vida o muerte. Aunque como nos pillen... —Empezó a mover las piernas descontroladamente—. Yo nunca he sido esposado, ni he ido a la cárcel, ni he sufrido torturas para soltar información.

—Desde luego que no —dijo Aidan—. Si tú cantas sin que te lo pidan.

—¡Tengo miedo! —reveló.

—¿Y quién no lo tiene? —replicó el carpintero.

Shannon no lo tenía. A lo sumo, la respiración un poco alterada cuando bajaron de los vehículos.

—¿Estáis preparados? —les preguntó a los demás.

Asintieron bajo la lluvia que resbalaba por sus chubasqueros. El padre Quinn, Callum y Scott llevaban potentes linternas. Algunos de los perros de Sheridan se acercaron, a duras penas, movidos por la curiosidad y la esperanza. Otros empezaron a aullar y a ladrar por temor a los desconocidos. Entre ellos había un caniche despeluchado y una *cocker* a la que le faltaba una oreja.

—¡Pásame los alicates! —le pidió Shannon a Amy en cuanto llegaron a la valla de la finca.

—Espera, cuchicuchi, yo te ayudo —se ofreció Armel—. No te vayas a hacer daño con la alambrada.

—¿Tú?... Pero si me pides ayuda para colgar los cuadros de tu casa. ¡Quita, quita! Y no me llames «cuchicuchi». Soy Shannon Reilly, por la gloria de Breogán.

El gaitero enrojeció. En mitad de la lluvia y de la noche nadie se dio cuenta.

—Por favor, démonos prisa —les recordó Quinn santiguándose a toda pastilla—. Hay que salir pitando de aquí cuanto antes.

—Yo también he traído alicates —informó Callum—. Así iremos más rápido.

Entre los dos cortaron un agujero en la valla lo suficientemente grande para sacar a la manada. Solamente el caniche y la *cocker* se acercaron a la alambrada, animados por el pienso que les ofrecía Aidan, y se atrevieron a cruzar al otro lado, donde los esperaban sus rescatadores. Los demás animales estaban en condiciones tan lamentables que no tenían fuerzas para ponerse en pie.

—¡Esperadme aquí! —se ofreció Amy.

La forense entró en la finca y tomó en sus brazos al pastor alemán escuchimizado. Luego se lo pasó a Mack para que lo llevase a la furgoneta. Hizo lo mismo con el *bobtail* descalabrado.

—A este pobre lo han golpeado en la cabeza con algún objeto contundente —se estremeció la señora O'Sullivan.

—Con un palo o una piedra —opinó Callum.

—¡Qué salvaje! —añadió Scott.

—¡Tomad al *setter* irlandés! —les rogó Amy.

—Yo me encargo —dijo Quinn pasándole la linterna al gaitero.

Poco a poco, la furgoneta de Aidan se fue transformando en un hospital perruno. Amy fue sacando a todos los canes hasta que solamente quedó un *golden retriever* en un estado lamentable. La forense le sostuvo la cabeza entre las manos porque el animal ya no tenía energía para levantarla.

—Si sales de esta —le susurró—, te vendrás conmigo. Prometo que no te abandonaré nunca.

—¿Están todos? —le preguntó Callum desde el otro lado de la valla.

—Sí, no queda ninguno más —contestó Amy.

—¡Pues andando! —los animó Quinn volviendo a santiguarse.

—Al menos, nadie nos ha visto —dijo Shannon tratando de animar al resto.

—Lo malo es que está diluviando —comentó Aidan.

—¿Y qué pasa con eso? —preguntó Mack presa del pánico.

—Que vamos a dejar las huellas de los neumáticos en el camino —respondió el carpintero.

—¡Ay, Dios mío! —se lamentó el bailarín saltando junto a la furgoneta.

—No pasa nada —respondió Shannon—. Perderán nuestro rastro en la carretera.

—Eso es cierto —la secundó Armel.

—Vale, muy bien, pues perfecto... ¡Ahora larguémonos de aquí, por san Patricio! —gritó el párroco.

—A mí me da que nos van a pillar —soltó Mack.

—No seas gafe, hombre —le recriminó la señora Scott.

—¡Rece por nosotros, padre Quinn! —le rogó el bailarín justo antes de que Callum y Aidan lo tomaran de cada brazo y lo levantaran del suelo para introducirlo en la furgoneta.

—¡Vámonos, vámonos, que estoy pecando y tengo que confesarme! —se lamentó el párroco levantándose los bajos de su sotana para entrar en el coche de Amy.

El teléfono de la forense comenzó a sonar. Como ella se había puesto al volante para emprender la huida, el cura respondió en su nombre.

—No, no soy Amy... No me ha cambiado la voz. Soy el padre Quinn, Brian.

—¿Qué tal va la operación?

—Tenemos a los perros —respondió—. Regresamos a casa. Corto y cambio.

—Quinn —le advirtió el chico—, no hablamos con un *walkie-talkie*. Usamos móviles.

—Bien, vale, entendido. Mañana hablamos. Llevaremos los perros al Kelly según lo previsto. Corto y cierro.

Brian se quedó mirando el móvil desconcertado. El párroco le había colgado. Eso no iba a quedar así. No, señor. Mcneill se vistió y tomó un paraguas. Su habitación se encontraba en la planta baja. Así que no le costó ningún trabajo salir por la ventana.

• El caniche atropellado •

El Kelly se convirtió en un refugio canino en pocos minutos. Scott y O'Sullivan habían preparado pequeñas camas con ayuda de mantas y colchonetas. Sobre el escenario, descansaban seis perros. Y los otros cuatro, de menor tamaño, ocupaban uno de los rincones de la taberna. Shannon y Amy habían traído toallas suficientes para todos. Callum puso leña en la chimenea para caldear el ambiente.

—Estos perros necesitan una clínica veterinaria urgentemente —opinó Aidan acariciando la cabezota del mastín.

—No podemos llegar a Donegal con toda la manada —reflexionó Amy—. Levantaríamos sospechas.

—¡Si aparecemos con los perros nos van a trincar! —saltó Mack.

—¡Que Dios nos proteja! —Quinn unió las palmas de las manos y miró al techo del local.

—No vamos a ir —sentenció Brian tras abrir la puerta del Kelly y plantarse en la entrada de la taberna.

—¿Cómo dices? —preguntó el carpintero.

—No iremos a la veterinaria —repitió convencido—. Ella vendrá aquí.

—¿Cómo vamos a convencerla? —preguntó Amy—. Ya me costó que atendiera al chihuahua.

—He descubierto una noticia local de última hora en el diario digital del condado —anunció Mcneill.

—¿Y? —preguntaron.

—Ha muerto el caniche de Murphy. Alguien lo atropelló y se dio a la fuga.

—¡Qué horror! —saltó Scott.

—Yo no anticipo nada, pero aquí tenemos otro caniche y está vivo —dejó caer Mcneill con sutileza.

—¿Estás pensado lo que yo creo, Brian? —le preguntó Amy.

—Podrías enviarle su foto —contestó el chico—. Seguro que le ablanda el corazón.

—¡Este chaval es una joya! —lo alabó Callum.

—No es mala idea, no —intervino Quinn.

—Pues ahora mismo le pongo un wasap —dijo Amy—. Le doy el pésame por lo de su mascota y le envío la foto de nuestro caniche. Le tendré que contar también el panorama que tenemos aquí...

De golpe y porrazo, la puerta del Kelly se abrió sobresaltándolos a todos. Anónimo y el agente Connolly entraron de sopetón.

—¿Os habéis enterado de lo del perro de Murphy? —preguntó Declan quitándose la gorra cubierta de lluvia—. Acabo de hablar con mis compañeros de Donegal y hay rastros de pintura roja en el cadáver.

Mack se echó a temblar.

—¡Desembucha! —le ordenó el gaitero.

—Está bien, ahí va:

Sheridan tiene un coche rojo,
que hace tiempo le eché el ojo.
Lo conduce como un loco.
A lo loco, como poco.

—Hay que investigarlo sin perder un segundo —sugirió Brian.

—¿Cuál es tu plan? —se interesó Connolly.

—Esta misma noche entramos en la casa de ese tipo y fotografiamos su coche —dijo sin perder la tranquilidad—. Si él ha sido el culpable, le faltarán los restos de pintura y quizá encontremos alguna otra pista.

—¿Esta noche? —se sorprendió el agente.

—Si tardamos más, le daremos tiempo a borrar las posibles huellas del crimen.

—El chico tiene razón —dijo Callum.

—Es que no tengo una orden de registro —se justificó Declan.

—Ni falta que te hace —replicó el padre Quinn—. Tenéis mi bendición. Ese hombre no es trigo limpio. Estoy con Mack: Sheridan es el principal sospechoso. —El bailarín lo miró asombrado. No acostumbraba a recibir elogios por sus deducciones—. Además —agregó levantando su dedo índice igual que si estuviera en el púlpito—, «la grandeza de un pueblo se mide por cómo trata a sus animales».

—¿Moisés? —preguntó Scott visiblemente desorientada.

—Gandhi —respondió el párroco—. ¡Y ahora id en paz! —Hizo la señal de la cruz en el aire y luego los invitó a que se apresurasen a salir.

• Sospechas y pruebas •

Escondidos detrás de unos arbustos, Brian, Declan y Anónimo contemplaron la casa de Sheridan. Había una luz encendida en la planta baja. A los tres les latía el corazón igual que un caballo al galope. Se aproximaron un poco más por el lateral de la vivienda y, a través de una ventana, distinguieron que el coche del sospechoso se encontraba en el garaje.

—No podemos forzar la puerta del aparcamiento —advirtió Declan—. Sería demasiado arriesgado.

—No hace falta —contestó Brian—. Esa ventana está entreabierta. ¿La ves?

El agente se ajustó la gorra. Anónimo entornó los ojos haciéndose el interesante.

—Yo por ahí no quepo —le avisó Connolly—. Es demasiado pequeña.

—Pero yo sí —afirmó Mcneill—. Necesitaré tu maletín CSI.

En realidad, a Declan le hubiera gustado ser de la Policía científica como en las películas.

—¿Estás seguro, Brian?

—Por supuesto.

—Ten cuidado, no hagas ningún ruido —le aconsejó Connolly—. Recuerda que el sospechoso se encuentra dentro de la casa.

«Si es preciso, le pego un bocado», pensaba el terrier irlandés. Porque le hervía la sangre al acordarse de sus compañeros.

—¡Allá voy!

—Espera, que te ayudo —se ofreció Declan, colocando las dos manos para impulsar a Brian y que le fuera más sencillo colarse por la ventana.

—Pásame el maletín y tu linterna —susurró Mcneill.

El agente obedeció. Anónimo babeaba entre las gotas de lluvia. Brian procedió a inspeccionar el coche. No tardó en encontrar en la parte delantera una zona que había perdido la pintura, ligeramente abollada. Con su móvil, tomó varias fotografías. Gracias a la linterna distinguió algunos pelos del desdichado caniche. Sacó unas pinzas y una bolsa hermética, donde se dispuso a guardarlos. Al agacharse, sintió un profundo picor en la nariz. Allí había ácaros por un tubo. Y él era alérgico al polvo. Se aguantó las ganas de estornudar hasta que no pudo más y soltó un ruidoso estornudo. Apagó la linterna inmediatamente. Luego, notó unos pasos por el pasillo. Sheridan lo había descubierto. Estaba perdido.

Brian decidió escabullirse bajo el automóvil. La puerta del garaje se abrió con lentitud. El sospechoso se asomó y permaneció quieto unos instantes. Encendió la luz. Brian se tapó la nariz y rezó para que se largase. Pasaron unos segundos mortales. Agazapados bajo la ventana, Declan y Anónimo ni respiraban.

Mcneill cerró los ojos. Otro estornudo luchaba por salir de su nariz. Pensó en su madre, en la bronca que le echaría si se enterase del «fregao» en el que se había metido. La bombilla del garaje se apagó. Al oír como se cerraba la puerta, respiraron aliviados. Declan se asomó a la ventana:

—Sal de ahí ahora mismo —murmuró.

—Tengo pruebas —susurró satisfecho.

—Muy bien, muy bien, Brian. ¡Vámonos, por Dios!

—Toma el maletín.

A Connolly le iba a dar un ataque al corazón. Si le pillaban con las manos en la masa, adiós a su carrera policial. Que tampoco es que fuera la bomba. Aunque había que reconocer que, en los últimos meses, había resuelto varios casos. El terrier había puesto los ojos en blanco. Tal vez porque estaba tan nervioso como su jefe o porque había sido capaz de leerle el pensamiento. Después de entregar el maletín, Brian saltó por la ventana. Había que huir de allí a la velocidad del rayo.

• El hospital •

Cuando los tres regresaron a la aldea y entraron en el Kelly, todos se fijaron en ellos. Murphy, que había acudido respondiendo a la petición de auxilio de Amy, fue la primera en preguntar con gran interés:

—¿Habéis descubierto algo sobre el crimen de Wilde?

La forense la había puesto al corriente de sus investigaciones.

—Hemos encontrado dos pistas: la pintura del coche y pelos de un animal —contestó

Brian—. Yo mismo he tomado las muestras con unas pinzas esterilizadas.

—Necesitaríamos una muestra del pelo de su caniche y de los rastros de pintura del coche que lo atropelló para analizarlos y ver si coinciden —prosiguió Declan—. ¿Sería posible, señora?

—Por supuesto —respondió la veterinaria—. Además, me he comprometido con vuestros paisanos a no contar nada de lo que aquí ocurre. Cuando vuelva a casa, me ocuparé de eso. Ahora nos queda una noche muy larga por delante. Los perros están plagados de pulgas y garrapatas, hay que entablillar la pata al mastín inglés, el *setter* está tuerto, el *bobtail* necesita puntos de sutura...

—¡Yo coso de maravilla! —saltó Scott.

—Puntos de sutura, no de costura —le aclaró O'Sullivan.

Brian notó que se mareaba.

—¿Te encuentras bien? —le preguntó Callum.

—Demasiadas emociones —argumentó.

—¿Quieres un vaso de agua con azúcar? —le ofreció el dueño del local.

—No, no. Refinados no, gracias. —El chico hizo un gesto mostrando la palma de la mano—. ¿Pero podrías pedir un poco de silencio, por favor?

Se estaba agobiando. Pulgas, garrapatas, heridas abiertas, patas rotas...

—¡¡Cerrad el picooo!! —gritó el tabernero con un vozarrón imponente.

Hasta el caniche dejó de ladrar.

—¿Estás mejor? Ya puedes hablar —lo animó Callum apoyando sus brazos tatuados sobre la barra.

—Gracias —balbuceó Brian todavía impresionado por su voz—. Tengo que volver a casa —anunció al grupo—. He perdido dos horas de sueño reparador. No le contéis nada a mi madre —les rogó.

Todos miraron a Mack.

—De verdad, de verdad... —protestó el bailarín cruzando los brazos y poniendo expresión de ofendido.

—¿Te acompaño a casa, Brian? —se ofreció Declan.

—No es necesario. Me sé el camino.

Sin dar más explicaciones, Mcneill se esfumó.

—¿Quién me ayuda a desinfectar esta herida? —preguntó la veterinaria señalando al *bobtail*.

—¡Yo! —se ofreció Aidan.

—A ver —Murphy siguió organizando los primeros auxilios—, Amy, Shannon y vosotras dos...

—Me llamo Mary Scott.

—Y yo, Fiona O'Sullivan, y le puedo echar las cartas si quiere.

Scott se quedó pensativa.

—Tal vez puedas resolver el caso del caniche atropellado, querida. Pregúntale al tarot por el sospechoso.

—Confío más en los métodos de la Policía científica —replicó Murphy dejándolas planchadas—. ¡Sigan quitando garrapatas!

Luego, igual que un capitán en un campo de batalla, añadió mirando a Callum:

—¿Podría rellenar los platos con más pienso y agua?

«Preferiríamos salchichas», pensó Anónimo. Dadas las circunstancias, sin embargo, a sus compañeros la comida canina les supo a caviar. La escena en el Kelly, a grandes rasgos, era la siguiente: el grupo de las garrapatas; la pareja de Aidan y Mack, contra pulgas e infecciones; Callum, al mando de las provisiones y de la chimenea, y Declan, como ayudante de vendajes. Al padre Quinn le dio por llenar una jarra y bendecir a los animales con gotitas de agua, que lanzaba con un rallador de queso.

• ¡Por Irlanda! •

Fueron transcurriendo las horas. De madrugada, se marcharon a casa todos menos la veterinaria, Shannon, Callum, Connolly y Amy. Los tres últimos se quedaron dormidos por el agotamiento sobre las mesas del Kelly. Murphy y Reilly se acostaron en los dos pequeños divanes rojos que había cerca del escenario. Se repartieron los cojines para utilizarlos como almohadas. El cansancio hizo el resto. Hacia las nueve de la mañana del domingo comenzaron a llegar los que faltaban. El padre Quinn y Brian fueron de los más madrugadores. Aidan apareció con su furgoneta algo más tarde. Había encontrado dónde comprar más pienso.

—¿Pero qué vamos a hacer con todos estos perros? —se preguntó Declan rascándose la nuca—. ¿Quién se ocupará de ellos? ¿Quién se va a arriesgar a adoptarlos en estas condiciones tan extrañas? A fin de cuentas, son perros ilegales.

—Yo ya os dije que me quedaría con el chihuahua —les recordó Scott sacando un pintalabios de su bolso.

—Pues yo, con el *setter* —intervino el padre Quinn para asombro del policía—. Le compraré un parche negro y me ayudará a oficiar la misa.

—Si os soy sincero, a mí me encanta el *bobtail* —dijo Callum observando al perro con la cabeza más vendada que un faraón del antiguo Egipto.

—Por afinidad, me llevaré al *spaniel* bretón. Ya sabéis que vengo de la Bretaña —afirmó Roscoof entusiasmado, y sacó la gaita de un escondite detrás del escenario.

—¡Por Dios, noooo! —gritaron todos.

—Los oídos de los perros son muy sensibles y, en estas condiciones, necesitan descansar —intervino la veterinaria para evitar el concierto.

—Me sé una nana bretona que los relajará. Mi padre solía dormirme con ella —dijo con nostalgia.

El padre Quinn y sus parroquianos negaron con la cabeza.

—¡Qué poca sensibilidad musical! —se quejó Armel.

—Habrá otras ocasiones, querido —lo apaciguó Shannon.

—¿En nuestra boda? —preguntó esperanzado.

La ecologista se hizo la longuis mientras acariciaba al *rottweiler*.

—Yo me quedo con este chiquitín. ¿A que sí, bonito? —comentó Shannon observándolo con ternura.

El animal abrió la boca y mostró unos dientes horrorosos.

—Necesita un tratamiento urgente para esa dentadura —señaló Murphy—. Ahí veo varios dientes podridos.

—¡Y qué aliento! —añadió Reilly.

—No será peor que el de mi exmarido —manifestó la veterinaria.

—Yo le he tomado cariño al mastín anciano —admitió el carpintero—. Tiene cierto aire a mi abuelo.

—A mí me gusta el pastor alemán —reveló Mack.

—Se trata de un cruce —advirtió Murphy—. Es mestizo, como el *golden retriever* de Amy.

Me da lo mismo —respondió el bailarín—. Se vendrá a vivir conmigo.

Surgió un silencio. La veterinaria tragó saliva. Un montón de recuerdos se agolparon en su mente. Se echó a llorar y, entre hipidos, logró pronunciar las siguientes palabras:

—Yo me quedaré con el caniche despeluzado. —Lo abrazó por sorpresa—. Y te llamarás Wilde.

—¿Y la *cocker* sin oreja? —preguntó Amy.

Declan encogió los hombros al sentir las miradas sobre él.

—Yo estoy con Anónimo —se excusó.

—Mi madre no me deja tener ni perros, ni gatos, ni hámsteres, ni tortugas, ni caracoles, ni gusanos de seda... —se lamentó Mcneill. Aunque, a pesar de todo, se podía dar con un canto en los dientes, porque, de vez en cuando, Anónimo dormía en el garaje de su casa.

Amy lo miró con ternura.

—No te preocupes, Brian. No pasa nada, seguro que alguien de buen corazón lo adoptará —lo consoló la forense.

—Bueno, yo no os quiero amargar la fiesta, pero estos perros tienen un dueño legal —dijo Connolly agarrándose el cinturón del uniforme—. Y, encima, llevan microchip.

—¡Mira quién fue a hablar: el propietario del perro policía! —le echó en cara Doherty, que acababa de entrar en el Kelly.

—Lo del microchip no es problema —replicó Murphy—. Me ocuparé de quitárselo a todos.

—¡Venga, más delitos! —se burló Doherty—. Callum, ponme una jarra de limonada, que estoy seco.

—Hemos adoptado a todos los perros menos a uno —dejó caer Shannon.

—¿Ha muerto? —preguntó irónico.

—No, es una encantadora *cocker* —le aclaró Amy tomándola en brazos.

—¡Madre mía, pero si a ese bicho le falta una oreja! —soltó Doherty.

La perra se echó a llorar.

—¡Qué poco tacto! —protestó Scott.

—¡Mira lo que has conseguido! —lo abroncó O'Sullivan.

—Como si yo... —trató de decir Doherty.

—Tú la has hecho llorar, pues ahora lo solucionas —le increpó la forense llevándole la *cocker* y poniéndola en sus brazos.

—¿Qué haces, loca? —gruñó el exalcalde.

La perrita desorejada dejó automáticamente de llorar. Se acurrucó en el regazo de Doherty y escondió la cabeza. De ahí no pensaba salir ni con una espátula.

—Oye, oye, a mí no me encasquetéis a este chucho del demonio —protestó.

—No es un chucho del demonio —le corrigió Quinn—. Es una criatura de Dios. Y está bendecida.

—Y no solo eso —se sumó Reilly—. Tiene nombre —improvisó.

—¿Cómo se llama? —preguntó, cayendo en la trampa.

—Irlanda —dijo la forense, echando un cable a su tía.

—Se llama Irlanda —repitió con solemnidad Callum levantando su jarra de cerveza—. ¡Por Irlanda! —gritó con orgullo.

El grupo, incluido Brian, gritó el brindis con tanta fuerza que Doherty se quedó sobrecogido. La *cocker* lo miró con ojos de ovejita perdida en la montaña.

—Es usted un gran hombre —lo remató Murphy—. Sabía que Irlanda estaría en las mejores manos. En las manos de un irlandés trabajador, honesto, amable y generoso.

—Yo...

—¡¡Por Doherty!! —chilló Callum sin darle tiempo a reaccionar.

Los otros se unieron en el brindis con una sola voz atronadora:

—¡¡POR DOHERTY!!

Y la *cocker* se quedó dormida en brazos del exalcalde.

• Pacto de silencio •

La euforia reinaba en el Kelly. Habían encontrado hogares para todos los perros en menos que canta un gallo. Se sentían tan contentos que no se esperaban la siguiente pregunta de Connolly.

—Vamos a ver, que yo me aclare —El agente alzó la voz—. ¿Nos vamos a quedar con estos diez perros?

—Once con el chihuahua —puntualizó Scott.

—Doce con Anónimo —aclaró Brian.

—Bien, repito la pregunta: ¿nos vamos a quedar con estos doce perros?

—¡¡Sííí!! —respondieron todos a una.

Declan miró al párroco.

—Pero, padre Quinn, ¿usted también?

—Francisco se viene conmigo —afirmó con rotundidad.

—¿Francisco? —Declan parecía un eco.

—El *setter* se llamará Francisco en honor a san Francisco de Asís, patrón de los animales —explicó el párroco.

—¡No os podéis quedar con ellos! —insistió Connolly—. Si Sheridan viniera preguntando por sus perros...

—Le diríamos la verdad —atajó Brian.

—Así me gusta, Mcneill —suspiró desesperado el agente.

—Le diríamos que no hemos visto nada —siguió el chico.

—¿Te has vuelto loco?

—No me voy a separar de Anónimo —dijo inmutable—. Forma parte de nuestro equipo de investigación.

—El chico tiene razón. No hemos visto nada —lo apoyó Callum abrazándose al *bobtail*.

—Yo no puedo mentir, así que, si alguien me pregunta, guardaré silencio —comentó Quinn.

—¿Y tú, Mack? —lo interrogó Shannon.

Todos se fijaron en él.

—¿Cuándo no he guardado un secreto, eh?

Se hizo un silencio en el Kelly.

—A partir de ahora, Mack —sugirió Doherty—, por precaución, saldrás siempre acompañado de algún vecino.

—¿Me seguiréis en mis giras por el condado? —contestó sorprendido.

—Adonde haga falta —se sumó el gaitero—. Y si quieres, toco para ti.

Mack pegó un trago a su cerveza visiblemente preocupado.

—Yo tampoco hablaré por si acaso suelto alguna pista —comentó Brian con buen criterio.

Porque lo de mentir no iba con él. Aunque esto era una emergencia.

—En conclusión —resumió Murphy—, os garantizo que sacaré adelante a estos perros. Tendrán cuidados veterinarios gratuitos para siempre. Yo me quedaré con Wilde. Creo que ha sido cosa del destino —le tembló la voz—. La vida me ha quitado a mi gran compañero y me ha regalado a otro en el mismo día. Esto es una señal.

Al oír aquella palabra, O'Sullivan fue corriendo a sacar las cartas de su bolso.

—¡Madre mía, madre mía! —A Declan le dio un sofocón y cayó redondo al suelo.

Amy se dispuso a reanimarlo.

—Connolly, despierta, despierta. —Le pegó varias tortitas en las mejillas hasta que el agente pelirrojo abrió desorientado los ojos.

Mientras tanto, O'Sullivan contemplaba las cuatro cartas con cara de terror.

—El mal se aproxima —gritó para llamar la atención del Kelly—. Está cada vez más cerca, más y más cerca.

—¡Fiona, me estás asustando! —se sinceró Scott.

Anónimo se echó a temblar. Lo del tarot le daba mucho yuyu. Y la posibilidad de que su antiguo dueño lo encontrase le ponía los pelos de punta.

—¿Nos van a trincar? —preguntó Mack.

—¡Que Dios nos proteja! —Quinn levantó las manos en señal de oración.

—Nadie nos ha visto, nadie sabe nada. No hay de qué preocuparse. En teoría, nuestro secreto está a salvo. —La forense trató de calmar los ánimos.

—¿Alguien se ha ido de la lengua? —preguntó Callum.

El Kelly enmudeció.

—A mí no me miréis —se defendió Mack antes de que nadie lo acusara.

—Si ninguno hemos hablado, ni enviado ningún mensaje telefónico, ni realizado algún comentario sospechoso en un grupo de WhatsApp, ¿por qué iban a sospechar de nosotros? —razonó el tabernero—. Nuestra aldea se encuentra lo suficientemente lejos de la finca de Sheridan para que alguien sospeche de nosotros.

—Estoy con Callum —lo apoyó Armel—. No nos dejemos llevar por el miedo.

—A ver, la única forma que se me ocurre de que el sospechoso pudiera dar con nosotros es que hubiéramos dejado alguna pista en su garaje —dedujo Brian—. Y estoy seguro de que fui totalmente cuidadoso.

—Eso es cierto. Soy testigo de que lo hizo todo con gran profesionalidad. Ni Anónimo ni yo dejamos rastro alguno para que Sheridan lograse descubrir quién tomó las pruebas de su coche.

—Por cierto, ahora mismo me marcho a Donegal a tomar las muestras que me pedisteis para la policía científica —recordó la veterinaria—. Si ese energúmeno es el responsable de la muerte de mi querido Wilde, quiero llevarle ante la Justicia.

—¿Justicia?... ¡Ja, ja, ja! —Una voz desconocida irrumpió en la taberna—. Yo sí que voy a acudir a la Justicia y os vais a enterar de lo que vale un peine.

• La amenaza de Sheridan •

Doherty, que aún sostenía a Irlanda entre sus brazos, se quedó tan petrificado como los demás. Sheridan se había plantado frente a ellos tan fresco como una lechuga. La *cocker* escondió la cabeza en el regazo del exalcalde. La mayoría de los animales buscó refugio detrás del escenario. Mack empezó a tartamudear:

—Yo-yo-yo... no-no-no... he dicho nada. Lo juro, palabra de honor —se adelantó mirando al grupo.

—No hacía falta que dijeras nada, botarate —lo insultó—. Esta mañana, cuando he acudido a mi finca, he encontrado esto en el suelo.

Alzó un teléfono móvil igual que un trofeo de caza.

—¡¡¡Ohhhhh!!! —gritaron espeluznados a la vez.

—¿De quién es ese trasto? —preguntó enfadado Callum.

—¿De quién va a ser? —adivinó Doherty.

Mack tragó saliva a duras penas.

—Es mío —reconoció el bailarín—. Se me debió de caer del bolsillo del pantalón y no me enteré.

—Hijo mío —soltó Quinn—, ¿cuántas veces te he prevenido contra el excesivo uso de la pantalla?

—Muchas veces, padre. Muchas veces —se arrepintió Mack.

—Encima, con la de saltos que pegas... —se lamentó el cura.

—¿Y cómo supo que pertenecía a Mack? —lo interrogó Brian.

—Porque su foto está de fondo de pantalla y todo el condado lo conoce por sus bailes celtas. Por cierto, te vi danzar hace un par de años en Carrick y me gustó mucho.

—Gracias, supongo —se atrevió a contestar el bailarín.

—Bueno, no nos vayamos por las ramas. Os voy a denunciar a todos. —Los señaló uno a uno hasta que reparó en el agente Connolly—. Y, usted, ¿qué hace aquí? ¿Había venido a detenerlos?

Declan apretó los labios.

—Yo...

—¡Da igual! —Sheridan lo ignoró—. Voy a grabar con mi móvil las pruebas del delito. Habéis robado mis perros, habéis destrozado mi alambrada, habéis entrado en mi finca...

—Yo también voy a grabar ahora mismo esta escena —replicó enfurecida Amy.

—¿Cómo dices?

—Quiero que la jueza Roche vea el estado lamentable de sus animales y la labor extraordinaria que ha realizado Murphy durante toda la noche —contestó la joven.

—Yo también tomé fotografías de sus perros en su finca, un porrón —le informó Shannon—. También grabé un vídeo y lo pienso utilizar en un juicio si hace falta.

—Esto es el colmo —dijo indignadísimo Sheridan—. No le quepa la menor duda de que los voy a denunciar por un montón de cargos. ¡Y a ti también! —Señaló a Connolly, que empalideció.

Adiós a su carrera policial.

—El agente no tiene nada que ver en esto, y el chico tampoco —salió en su defensa Quinn.

—¿Y usted? —le preguntó Sheridan.

—Yo..., yo me voy a quedar con su *setter* —se envalentonó.

—¿Perdone?

—Ya lo he bendecido y me ayudará a oficiar la misa —dijo armándose de valor.

—¿Qué está diciendo?

—Lo que oye. He rezado a san Francisco de Asís y él nos protegerá.

—No creo que le valga de nada rezar, padre. Soy Sheridan.

—Y yo soy Liam Quinn, hijo de Rowan y Erin, de la familia O'Connor del condado de Monaghan, y no me rindo tan fácilmente.

—Me voy a llevar a mis perros ahora mismo de vuelta a la finca —los amenazó levantando los puños.

Sheridan se quedó mirando a Doherty muy fijamente.

—¿Usted no fue alcalde? —inquirió estupefacto.

—Sí —contestó orgulloso.

—¿Y también está metido en el ajo? —preguntó perplejo—. No me lo puedo creer. ¡Qué vergüenza!

—Vergüenza debería darte a ti, majadero. Nosotros somos irlandeses y tú, un mamarracho. Nunca te entregaré a Irlanda. Soy William Doherty y desciendo de la nobleza de Kilcar.

—Me importa un pepino de dónde provengas —replicó Sheridan huyendo de la feroz mirada del exalcalde al tiempo que observaba a su alrededor—. ¡Anda, pero si mi terrier irlandés también está aquí! —exclamó descubriendo a Anónimo—. ¿Así que acabaste en esta aldea? Ha pasado casi un año desde entonces. Todavía no entiendo cómo conseguiste escapar... Bueno, dejémonos de tonterías, me llevo a mis perros en mi furgoneta.

Anónimo buscó cobijo detrás de Declan. La manada entera se puso a ladrar enloquecida. El *bobtail* soltó un aullido interminable, al que se unieron el mastín y el cruce de pastor alemán.

—Estos perros se quedan aquí —aseguró Connolly agarrando con fuerza el cinturón de su uniforme.

—De eso nada —respondió Sheridan.

—Aquí, en esta aldea, represento a la autoridad y no se va a llevar a estos animales sin una orden judicial —aseveró.

Los demás estallaron en un aplauso.

—¡Bien dicho! —lo secundaron emocionados Scott y Mack.

La forense sonrió enternecida.

—No permitiré que maltrate a estos perros y, menos aún, a nuestro perro policía —continuó Declan, que se iba creciendo por momentos—. Estamos dispuestos a protegerlos a toda costa.

Sheridan apretó la mandíbula.

—Está bien, vosotros os lo habéis buscado. Nos veremos en los tribunales —concluyó desafiante.

Y se largó sin sus perros.

• Mala suerte •

Después del portazo que pegó Sheridan, la taberna enmudeció. Ninguno se atrevía a hablar. Sheridan los iba a denunciar. Ellos, que nunca habían roto un plato, se habían jugado la libertad para salvar a unos perros. Hasta Doherty permanecía paralizado y meditabundo frente a su jarra de limonada. Saldrían en los periódicos locales y los describirían como ladrones de pacotilla o quizá algo más humillante. Habían sufrido la peor de las suertes.

—Vaya por Dios, nos ha pillado con todo el pastel —se quejó Quinn—. Al menos, no he mentido.

—Ya, pero has cometido tropecientos delitos. ¿Te los recuerdo? —se burló el exalcalde.

—Tienes razón. Debería confesarme con el padre Ryan —respondió tomando entre sus brazos al *setter* tuerto.

—¿Y qué vamos a hacer? ¡Estamos perdidos! —se alarmó Scott.

—¡Acabaremos entre rejas! —pronosticó Mack.

—Encima te has quedado sin móvil. Claro, no te iba a devolver la pista que nos incrimina —reflexionó Brian.

—¡Malditas nuevas tecnologías! —refunfuñó Doherty.

Irlanda le pegó un lametón en la mejilla para tranquilizarlo.

—¡Qué mala suerte, con lo bien que iba todo! —se quejó Reilly.

—¡He acertado con las cartas! —exclamó O'Sullivan en su mundo—. Os lo dije. El mal se acerca más y más.

—¡Por Dios, Fiona, no es el momento! —la interrumpió la forense.

—Amy tiene razón —afirmó Brian—. Hay que pensar en cómo salir de esta. Antes que nada, Murphy debería regresar a Donegal y tomar las pruebas imprescindibles para resolver el caso.

—Es verdad —dijo ella—. De paso, me llevo a Wilde.

—Voy con usted —se ofreció Connolly—. De camino me pondré en contacto con la policía científica. Hay que ganar tiempo.

Anónimo soltó un ladrido que significaba que él también se apuntaba.

—Propongo que cada uno se lleve a su mascota a casa —dijo el gaitero abrazando a su bretón.

—Me parece una idea genial —opinó Aidan—. Repartiré pienso para todos.

—Mi sobrina y yo reuniremos todo el material audiovisual de la finca de Sheridan —informó Reilly.

—Yo buscaré información en internet sobre Sheridan —dijo Brian.

—Sí, investiga todas las veces que lo han denunciado —dijo la veterinaria mientras recogía su maletín.

—A eso se le llama «antecedentes» —explicó Scott, que había visto mucho cine policíaco.

—Mi carrera policial se irá al traste —se quejó Connolly mirando a los ojos de Amy.

—Pues yo estoy orgullosa de cómo has defendido a Anónimo y al resto de la manada —contestó.

Y se dieron un beso delante de Brian. ¡Qué asco!

• El informe policial •

Declan y Anónimo acompañaron a Murphy a Donegal. Había que comparar los restos de pelo y de pintura que hallaron en el automóvil de Sheridan con los del cadáver del caniche. En el Kelly, los ánimos seguían alterados. La incómoda visita del dueño de los perros les había dejado el estómago revuelto.

—El muy sinvergüenza ha venido con la furgoneta a Aill —dijo el carpintero—. No querrá que lo vean con su coche rojo y las pruebas del crimen.

—Me voy a casa. Tengo mucha tarea por delante —soltó Brian—. Pienso imprimir toda la documentación que encuentre para incluirla como agravante.

—¡Y nosotras! —se sumaron Reilly y su sobrina.

—Yo me llevo a Bretaña conmigo —añadió el gaitero.

—Y yo, a Riverdance —dijo Mack aludiendo al pastor alemán—. Así te llamarás a partir de ahora. Ya verás qué bien, te enseñaré a bailar cuando te recuperes. Soy un profesor excelente.

—Pues yo me voy a casa a cuidar de mi chihuahua y a pensar en qué nombre le voy a poner —explicó Scott pagando su café irlandés.

Poco a poco, los clientes del Kelly se fueron marchando. Aidan se llevó a su mastín en sus enormes y peludos brazos. O'Sullivan recogió su baraja de cartas y la guardó en su bolso. Doherty apuró su jarra de limonada y salió del local con su adorable Irlanda. El padre Quinn cargó con su enclenque *setter* hasta su casa y se preparó para oficiar la misa. El último en marcharse fue Callum, junto a Fiona y su recién «adoptado» *bobtail*, que además del vendaje lucía unos pelámenes, llenos de nudos, a lo rastafari. Todos los animales estaban en los huesos, así que fue sencillo tomarlos en brazos. Incluso el mastín resultaba un auténtico peso pluma, un saco de huesos y ojos tristes.

Por su parte, el jefe de la Policía científica del condado de Donegal se puso manos a la obra en cuanto le llegaron las muestras. Era amigo de la veterinaria, que se ocupaba de la salud de su *pitbull*, y un enamorado de los animales. Así que se tomó la investigación como un asunto personal. Conocía a Wilde y le había entristecido enormemente la noticia de su muerte en tan lamentables condiciones. Los resultados no se hicieron esperar y, a última hora de la tarde, Declan recibió su llamada telefónica:

—Coinciden —le dijo nada más descolgar el teléfono—. La sangre de Wilde se encuentra en los trozos de pintura analizados. Los pelos que hallasteis en el coche de Sheridan son idénticos a los del caniche. La pintura que había en el cadáver pertenece a su automóvil. En resumen, Sheridan atropelló al caniche y se dio a la fuga.

—Nuestras sospechas iban bien encaminadas —respondió Connolly—. Hasta Mack sospechaba de él.

—Prepararé un informe con todos los detalles para que ese tipo no se vaya de rositas prosiguió.

—Te lo agradezco mucho —contestó Declan—. Estoy en una situación muy apurada.

—¿Te refieres a lo del robo de sus perros?

—Sí, ¿cómo te has enterado?

—Él se ha encargado de difundir la noticia. Incluso ha pegado fotos con vuestras caras por las farolas de Donegal.

—¡No fastidies!

—Por mi parte, no te preocupes. Si hay que testificar, lo haré a vuestro favor. No permitiré que un desalmado de tal calibre siga maltratando a sus animales.

—Gracias, compañero.

Declan se untó con gomina sus pelos de erizo. Se contempló en el espejo. Tenía cara de cansado. Le había resultado difícil pegar ojo sobre la mesa del Kelly. Las emociones habían sido muy intensas. Decidió ponerse un poco de antiojeras y se echó un perfume que le había recomendado Callum. Según el tabernero, ninguna mujer en las distancias cortas lograba resistirse a la fragancia Braveheart. Anónimo estornudó y salió pitando del cuarto de aseo. «¡Qué peste!», pensó su mente perruna. Pasados unos minutos, abandonaron el apartamento. Quería compartir cuanto antes las novedades con todos los habitantes de Aill. Sheridan se había cargado a Wilde y tenían las pruebas que lo demostraban. Imaginó la satisfacción que sentiría Mcneill. Al fin y al cabo, él se había jugado el tipo entrando en el garaje del sospechoso.

• Denunciados •

Aquel domingo por la noche, el Kelly estaba abarrotado. Nada más entrar, Declan y Anónimo empezaron a babear. Los invadía un intenso y delicioso aroma a salchichas. Brian y los demás los esperaban con gesto serio.

—Sheridan os ha denunciado a todos —le dijo Mcneill.

—¿Tan pronto? —preguntó quitándose la gorra.

—Se fue a la comisaría de Donegal y a la casa de la jueza Roche nada más marcharse de aquí —explicó Shannon.

—Nos han citado en los juzgados para mañana —anunció Amy.

—¡Maldición! —soltó Connolly—. Ya me veo fuera del cuerpo de Policía. ¡Cuando mi madre se entere...!

La veterinaria lo observó muy seria.

—¿Habéis averiguado algo sobre mi Wilde? —preguntó remangándose el jersey de lana.

—Se confirman nuestras sospechas —respondió el policía—. Sheridan fue el responsable de la muerte de Wilde.

—¡Lo sabía, lo sabía! —repitió Mack.

—¡¡Ese tipo no tiene corazón!! —se lamentó Scott.

—Corazón, no tendrá. Sin embargo, pruebas contra vosotros... —soltó Doherty—. Fotos, vídeos, el móvil de Mack en la escena del robo, vuestra negativa a devolverle sus perros...

—Oye, oye —le recordó Quinn—, que te has quedado con su *cocker*.

—No tuve alternativa —contraatacó—. Me vi acorralado por una panda de locos.

—¿Nos va a traicionar? —preguntó Murphy conteniendo las lágrimas—. ¿Va usted a traicionar a su propio pueblo, a su sangre, a Irlanda?

A Doherty se le hizo un nudo en la garganta.

—Traicionar, no —respondió para alivio general—. Aunque yo no he cometido tantos delitos como vosotros. Eso está claro. Seguramente me libraré de la cárcel. Pero vosotros...

—¡No seas gafe, Doherty! —le abroncó Callum.

—Soy realista. Aquí van a rodar cabezas... Y no digo más —sentenció el exalcalde.

—La jueza Roche ha exigido que nos presentemos en los juzgados con los perros de Sheridan —aclaró Shannon—. No sé por qué motivo.

—¿Y cómo es esa mujer? ¿Alguno la conoce en persona? —preguntó Scott.

—Pufff. Es muy estricta, dura, implacable —dijo Mack—. He escuchado hablar de ella en la mayoría de los pueblos del condado. Muchos la temen.

—O sea que estamos a su merced —resumió el gaitero.

—Estamos a merced del destino, de la suerte, de... —se arrancó O'Sullivan.

—De Roche —concluyó la veterinaria.

• El juicio •

La jueza Roche era una mujer imponente. Medía un metro ochenta de estatura y pesaba alrededor de ochenta kilos. Tenía el pelo tan blanco y rizado que no necesitaba peluca para sus juicios. Llevaba una toga negra reluciente. Y unos zapatos de charol a juego. No necesitó pegar ningún martillazo para lograr un silencio sepulcral. Allí no se escuchaba ni una mosca.

—Comencemos la sesión. Caso Sheridan contra... —vio tantos nombres que decidió abreviar— Aill. Que se levanten los acusados —ordenó—. No, los perros no. Se les acusa de robo con fuerza en una propiedad privada. ¿Correcto, señor Sheridan?

—Correcto, señoría. Y añadiría que los acusados no solo no se han arrepentido de sus actos criminales, sino que se han negado a devolverme a mis perros.

—Que se incluya en acta —ordenó la jueza al taquígrafo de la sala.

—¿Podría hablar? —preguntó Declan.

—Por supuesto, señor Connolly.

—Señoría, con su permiso, quería aportar como prueba del comportamiento de Sheridan un informe de la Policía científica donde se demuestra que ha sido el responsable del atropello con resultado de muerte del caniche de la señora Murphy y que le negó el auxilio dándose a la fuga.

—¿Es eso cierto, señor Sheridan?

—No, no, qué va.

—Recuerde que está bajo juramento —repitió clavándole una mirada fulminante.

—Sí, fui yo —reculó—. Se metió entre las ruedas del coche.

—¡¡Eso no es cierto, te subiste en la acera!! ¡¡Salvaje!! —gritó la veterinaria entre lágrimas.

—¡Orden, orden en la sala! —chilló la jueza golpeando con su martillo en su estrado—. Señor Sheridan, ¿lo atropelló en la acera? —inquirió apretando los dientes—. Le recuerdo que está bajo juramento y que no toleraré ninguna mentira más. ¿Lo atropelló en la acera?

—No, señoría —respondió con voz temblorosa.

—¡Sheridan, está bajo juramento! —clamó la jueza.

—Sí, señoría. Me subí un poquillo a la acera. Fue sin querer —se disculpó mirando a Murphy—. Con todos mis respetos, son ellos los que me han robado mis perros.

—Sus antecedentes en el maltrato animal son relevantes para el caso —apuntó la forense dirigiéndose a la jueza—. Aquí tenemos más pruebas: fotos de los perros en su finca, vídeos del rescate y denuncias previas contra el acusado. Me gustaría que constasen como parte de nuestra defensa.

—¡Dios santo, no aguanto tanto papelorio! —se quejó la jueza Roche tomando a regañadientes los informes de los acusados—. En fin, vamos a centrarnos. Llamo a declarar a los testigos.

—¿Qué testigos? —preguntaron al unísono.

—No hay testigos —contestó Sheridan.

Los de Aill encogieron los hombros. Ellos también estaban a cuadros.

—Por supuesto que los hay —dijo la jueza—. Llamo a declarar a los perros. A ver, que suba al estrado el *bobtail*.

Acompañado por Callum, el perro tomó asiento.

—Me voy a saltar el juramento porque entiendo que dirás toda la verdad y nada más que la verdad. ¿Cierto? —lo interrogó la magistrada.

El *bobtail* ladró una vez.

—Perfecto. Entiendo que no llevas ese vendaje por tu pasión por las momias. ¿Quién

te ha herido en la cabeza? ¿Reconoces a tu agresor en la sala?

El perro levantó la pata y señaló a Sheridan.

—Que conste en acta que la víctima ha señalado a su dueño —afirmó Roche pasando a la siguiente testigo—. Llamo a declarar a la *cocker*. —La magistrada le echó un vistazo—. Bien, imagino que no admiras a Van Gogh y que algún energúmeno te ha cortado una oreja. ¿Reconoces a tu agresor en la sala?

La *cocker* levantó la pata y señaló a Sheridan.

Uno a uno, los doce perros testificaron contra su dueño y reconocieron las heridas y lesiones que les había causado. Los humanos guardaban un silencio expectante. Nunca se hubieran imaginado que la jueza llamase a declarar a los animales.

—Bueno, antes de retirarme a deliberar conmigo misma y tomar una decisión al respecto, solo formularé una pregunta más.

—Sí, señoría —contestaron.

—A ustedes no —gruñó—. A los perros.

—Perdón, señoría —respondieron abochornados.

—¿Con quién queréis quedaros?

A los canes les faltó tiempo para saltar a los brazos de los vecinos de Aill.

• El veredicto •

Roche regresó a la sala con solemnidad. Caminaba con pasos largos y los tacones de sus zapatos de charol resonaban en el suelo de piedra. Tenía una mancha de chocolate en la comisura del labio. Señal de que se había zampado algo mientras deliberaba en su despacho. Nadie le advirtió del asunto. La seriedad de la jueza imponía tanto que ninguno tuvo el coraje de decírselo. Así que, con el pegote marrón, procedió a emitir su veredicto:

—Siéntense, por favor. Oídas las partes, he tomado una decisión —anunció la magistrada—. Mi veredicto declara al señor Sheridan «culpable» de maltrato animal reiterado, de atropello con fuga del caniche de la señora Murphy, a la que deberá pagar la cantidad de dos mil euros en concepto de indemnización, y le obliga a entregar en adopción a sus perros y a una condena de cinco años de servicios comunitarios en la protectora municipal, donde cuidará de los animales abandonados.

—¿Cómo? —preguntó Sheridan con gesto de desconcierto.

—Comiendo, que es gerundio —replicó la magistrada—. No se lo pienso repetir otra vez. Se lo resumo: le quito la custodia de los perros, le multo por el atropello y le condeno a cinco años trabajando como «voluntario» en la protectora. ¿Estamos?

Los perros rompieron a ladrar en señal de alegría. Por fin iban a escapar del infierno.

—Pero, pero, pero... ¿y ellos? —Sheridan los señaló con dedo acusador—. ¿Se van sin ningún castigo?

—A ellos los condeno a hacerse cargo de sus perros, a cuidarlos y a respetarlos hasta el fin de sus días. A darles de comer, limpiar sus cacas y ofrecerles cuidados veterinarios, así como a reparar la alambrada de su finca o a correr con los gastos de la reparación. No tengo nada más que decir. Se levanta la sesión —sentenció descargando un sonoro martillazo que daba por finalizado el juicio.

—¿Y mi móvil? —se atrevió a preguntar Mack.

—Su móvil queda confiscado como parte de las pruebas del caso —zanjó la magistrada—. ¿Está claro?

—Como el agua, señoría —respondió el bailarín.

Quinn sonrió para sus adentros. Un móvil menos sonando en mitad de la misa.

—¡¡Hemos ganado!! —gritaron Scott y O'Sullivan.

—¡Ha vencido Irlanda! —soltó Doherty envolviéndose en una bandera irlandesa para festejarlo.

—Nos quedamos con Anónimo —dijo Brian dejando ver una sonrisa.

—¡Y con los demás, nos quedamos con los doce! —agregó Shannon sin esconder su entusiasmo y su sorpresa.

—¡Invito a la primera ronda en el Kelly! —chilló Callum estrechando entre sus brazos al *bobtail*.

—Sabía que san Francisco de Asís nos echaría un cable —confesó el cura hablando con el *setter*—. Muchas gracias, muchas gracias, san Francisco. —Miró al techo y se santiguó tres veces seguidas a toda mecha.

—¡Ha sido un gran trabajo en equipo! —gritó eufórica Amy abrazando a Declan, que se puso igual que un pimiento rojo.

A la salida de los juzgados, esperando a que su madre subiera al vehículo, enviase varios mensajes con su teléfono y conectara el GPS, Brian distinguió a la jueza vestida sin su toga caminando por la acera. A la mitad de la calle, se detuvo delante de un joven que caminaba con un perro lazarillo. Estuvo hablando con él y el chico la tomó por el brazo. Juntos se marcharon hacia casa. El hijo de la jueza era ciego. Mcneill se rascó la barbilla. Eso explicaba mucho de lo que había ocurrido en aquel juicio tan peculiar. Quizá aquella mujer seria e imponente, estricta e inflexible, no lo fuera tanto. O simplemente fuera justa.

• La lección perruna •

Doherty no daba crédito. Ya habían pasado quince días y su *cocker* parecía otra. Irlanda había engordado, su pelo brillaba y lo seguía por toda la casa. En su afán por agradecer los cuidados de su amo, había aprendido a llevarle los calzoncillos al cuarto de baño. Y los sostenía en su boca mientras el exalcalde se duchaba.

—Gracias, cuqui —le decía escondiéndose detrás de la cortina de su ducha.

Porque le daba vergüenza que lo viera desnudo. En el Kelly siempre habló de su perra como Irlanda y, como le costaba aquello de expresar sentimientos, nunca se refirió a ella como «cuqui» en público. Tampoco le dio muestras de cariño excesivas por la calle para seguir aparentando que era un tipo duro y huraño.

El *bobtail* de Callum recibió el nombre de Thor. A las pocas semanas se libró de su aparatoso vendaje en la cabeza y ganó peso, al igual que sus compañeros. Se acostumbró a acompañar a su dueño al Kelly y pasó a formar parte de la taberna. Entre otras habilidades, desarrolló la de pasar el paño por la barra del local imitando a su nuevo amo y la de soltar un par de ladridos si alguien se largaba sin pagar la consumición.

Al mastín inglés le costó más recuperarse de su hueso roto. Sin embargo, la veterinaria estaba muy contenta con su evolución. Un mes y medio después volvería a caminar sin problemas gracias a los cuidados de Aidan.

Wilde, el caniche de la clínica veterinaria, se convirtió en un digno sucesor de su predecesor. Y se dedicó a consolar y calmar a todos los animales enfermos que los visitaban en Donegal. Su labor sería reconocida un año después por los habitantes de la localidad, que descubrieron una placa en honor de los dos caniches.

WILDE&WILDE

Bretaña, la perra del gaitero, acudió a la veterinaria por problemas de oído y fuertes dolores de cabeza. Murphy le prohibió a Roscoof tocar en su propia casa y le recomendó que ensayara en el acantilado. No le costó convencerlo metiéndole un rollo sobre lo romántico y lo legendario que quedaría a los ojos de Shannon que ofreciera allí sus recitales.

El *rottweiler* de Shannon aprendió a abrir el frigorífico y a zamparse todo tipo de hamburguesas y salchichas veganas, además de su pienso. Breogán se convirtió en un perro ecologista experto en reciclado de residuos en las playas cercanas. Su gran tarea lo llevó a aparecer en los telediarios irlandeses para concienciar sobre la contaminación de las costas.

Declan compró una cama perruna para que Anónimo pudiera descansar en comisaría y latas de carne para que tuviera una alegría de vez en cuando. No obstante, el terrier siguió prefiriendo las salchichas y las patatas rellenas del Kelly, a las que se lanzaba con desesperación.

A Brian la decisión de la jueza lo tranquilizó en gran medida, porque se había acostumbrado a la presencia de Anónimo en sus habituales paseos matinales por la playa. Y ya no se imaginaba sin sus ocasionales ladridos, sus carreras frenéticas y su compañía.

A Sheridan no le quedó más remedio que cumplir su sentencia. Le costó una úlcera de estómago asumir que había perdido el juicio. Los primeros meses como «voluntario» en la protectora le resultaron bastante complicados. Poco a poco, fue aprendiendo a colaborar con los veterinarios y a salvar a perros desdichados que llegaban al borde de la muerte.

Tres años más tarde, comprendería su error. Se presentaría frente a la jueza Roche y denunciaría las penosas condiciones en las que se encontraba el bóxer de un vecino. La magistrada le entregaría la custodia del animal y Sheridan lo bautizaría con el nombre de Cork.

FIN

Guía de PERSONAJES

Anónimo Brian Declan Amy Shan

Sra. Scott Doherty Padre Quinn Aidan el carpintero

Allison Callum Mack Sra. O'Sullivan

rmel Roscoof Alona Lorcan Roche Murphy